naiara reis

romancista e poetisa, Naiara Reis é uma autora mineira, nascida em Belo Horizonte. Seus versos conversam com a militância e carregam temas como o misticismo, o enfrentamento das desigualdades, o empoderamento das minorias, a dor e a essência humana. Mulheres que sangram é sua segunda publicação pela casa.

FOTO: RAFA ELA

MULHERES QUE SANGRAM

naiara reis

editora Urutau
primeira edição
2022

O —

editora Urutau

rua do cajú, 478,
jardim das cerejeiras
06724-015
cotia-sp (brasil)

rua manuel pacheco nobre, 128 - 5º esquerdo
2830-080
barreiro (setúbal)
portugal

[+351] 928053619 [portugal]
[+55] 11 9 4859 2 426 [brasil]

www.editoraurutau.com.br
contato@editoraurutau.com.br

[EDITORA]
debora ribeiro rendelli
[REVISÃO]
juliana palermo
[PROJETO GRÁFICO]
wladimir vaz
[COORDENAÇÃO GRÁFICA]
tiago fabris rendelli
[DIAGRAMAÇÃO]
victor h. azevedo
[CAPA]
victor h. azevedo, sobre fotografia de svitlana myslyvets

dados internacionais de catalogação na publicação (CIP) de acordo com ISBD

reis, naiara
R375m mulheres que sangram / naiara reis. — cotia: urutau, 2022. 56 p. ; 14cm x 19,5cm.

ISBN: 978-65-5900-322-8

1. literatura brasileira. 2. poesia. I. título.

CDD 869.1
2022-2236 CDU 821.134.3(81)-1

elaborado por vagner rodolfo da silva - CRB-8/9410

sumário

[43] egoísta
[44] desleixada
[45] a união faz a força
[46] transmutando em versos
[47] eles querem molhar as canelas
[48] o divino sou eu
[49] a força fênix é um corpo nu feminino correndo solto
pela praia

Agradecimentos

Por este livro, a todas as mulheres que carrego em mim, num só seio e num só ventre, agradeço e honro em silêncio. As que foram, as que são. No íntimo a intenção do etéreo. Todas em essência de rezo, uma oração.

Para minhas mães, Maria Helena, Myriam e Giovanna.

Mulheres guerreiras que me forjaram com seu sangue.

Esta não é uma leve leitura.
Ela sangra.
Sangra e cura.

prenúncio

Ouço murmúrios.
"Lá vem o escrito pecaminoso..."

Eles gritam: "blasfêmia!"
Eu grito: "resgate ao feminino santo!"

E minhas palavras têm força.
Pronto.
Nasce um grito por socorro.

Este livro é uma errata. Da parte de Deus Mãe apagada. A parte que foi violada. E que adoeceu todo um povo. Deus Pai tomou conta de tudo. E se posicionou acima de todos. Deus Filho chora. Ai de nós, filhos miseráveis, o feminino apagado em todos nós implora! Com a licença do Divino, Deus Pai, Deus Mãe, Deus Filho — todos em um —, eu digo: Deus Mãe está aqui agora.

mulheres fecham as pernas ao se sentar

Eu tropecei em todas as vezes
Que sangrei
Para agradar
Nas vezes que me anulei
Para me encaixar
Eu tropecei no choro
Do meu silêncio
Para não gritar
E em todas as vezes
Que disse sim
Com o peito implorando em negar
Eu tropecei em todos os meus sorrisos
Para disfarçar
Nas vezes que performei
Para impressionar
Eu tropecei nos dias que me montei
Por um olhar
E que gemi
Para não faltar
Eu tropecei em mim mesma
Esperando a chance de
Me notar
Nas dores

Que ignorei
Para acompanhar
Eu tropecei no canto escuro
Do meu desconhecido particular
No peso
Que carreguei
Por não me amar

você não devia escrever isso

A culpa estava
Presa
Nas entranhas
Entrelaçada como os cabelos
Trançados
De mãe para filha
Numa tradição
Feminina
De um sistema
Que silenciava vozes
E construía
Mulheres
Fortes demais por fora
E cheias de feridas
Por dentro

a mulher grossa

Os gritos dela
Preenchiam toda a sala
Vinham
De mãos dadas
Com tantas dores
Que subiam pelos buracos
Do além-corpo
Até chegar ao topo
Da boca
E tropeçar nos lábios
Atropelando e
Tremendo tudo
Portas
Janelas
E as pernas dos moços
Que se intimidavam
Com aquele estrondo
Que mais parecia um
Coro
De vozes ancestrais
Silenciadas
Por
Tempo
Demais

convite

Tampo minha saia
Com as mãos sujas
De medo
O anseio
Por cobrir o direito
A pressa
Pelas vias sem fim

Curta demais

A paz

Que escorre pelas
Minhas pernas
Eu aperto os joelhos
Depressa
Para manter o que resta
De nós

E eles observam

No trajeto do cotidiano
Lambem minha pele com os olhos

Gemem
Ao passar
Por mim

Eu me encolho
Abraço meus seios
Me escondo
Quero pedir por socorro
Mas
A troco de quem?

desejo silenciado

Era uma vez
Uma menina
Que queria um skate
De presente
E ganhou uma boneca
Hoje ela está casada
Com três filhos
Mas queria
Ser piloto de avião

mulheres invisíveis

Nossos desejos
Foram sufocados
Como espíritos
Aprisionados
Em corpos
Que
Não
São
Seus

sensibilidade não constrói prédios

O que me rasga
Não é sentir demais
Tudo
Tanto
Me dói a voz
Que me reduz
Ao drama
E a frieza
Que me condena
O pranto

engole o choro

Não devia sangrar
Mas sangrava
Era um rasgo
Do engasgo
Ardia de vez
Em quando
E só

dá um sorriso pro moço!

Eu me apertei
No conta-gotas
Da aprovação
E toda vez
Que eu disse sim
Para mim
Eu disse
Não

a boa moça

Ela amava tanto os outros
Que não enxergava os seus
Porque eram seus
E ela não se amava

o amor que não era eu

No mar revolto
O amor afundava
Eu tentei salvar
O amor
Eu tentei
Salvar
O amor
Eu tentei
Salvar
Eu tentei
Salvar
E morri afogada

mulheres que sangram

Cobriram as nossas cabeças
Taparam nossas bocas
O corpo
Os braços
Os buracos do peito
E as portas de acesso
Às escolas
Esticaram as saias
Os cabelos
Os abusos
Cortaram os empregos
Os pulsos
Os grelos
Arrancaram os olhos
Os sonhos
Atearam fogo
Nos livros
E em nossas caras
Em nome de Deus
Deus homem
Deus foda
Foda pra caralho
Caralho foda

Que fode
Com força
Com mulheres
E com tudo

o deus criado é um homem disfarçado

Naquele altar
De barba e bigode
Estava o divino
Abençoando a todos
E ditando sobre
O certo e o errado
E eu pobre
Mulher, apenas
Temente a ele
Acreditei

livre-arbítrio

Queríamos
Brincar de bonecas
Nos vestiram
Véus
Eram treze
Apenas
Treze anos
Um pouco menos
Talvez
Depois treze bonecos
Como filhos

os gritos fêmeos correm em labirintos

Aquela barba
Branca
Mal cuidada
Quarenta anos
Mais velha
Era o problema
Estava certa disso
Não o espartilho
Apertado
Que sangrava
O dorso
O véu
As mãos dadas
Forçadas
Pelo tapete
Vermelho
Extenso demais
Depois o medo
Da cama
Tão branca
Quanto o vestido
E a dor
De não ter

Escolha
Nada disso
Incomodava mais

o amor que não se limpava

Eu limpava
O sangue
Do amor
Limpava
Limpava
Limpava
E quanto mais
Eu limpava
Menos ele
Se limpava
E pingava
Pingava
Pingava
Fraco por não
Praticar sua própria
Limpeza
Eu fraca demais
Por sempre
Limpar
Sangrava
Sangrava
Sangrava
E vivíamos juntos

Nessa razão de existir
Que pesava
Pesava
Pesava

espelhos

Aquela feminista
Sabe-tudo
Que sabia tudo
E não se calava
Como me irritava!
Eu sabia
Que ela não sabia
Tudo
Eu sabia tudo
Ela nada

ainda brigam entre si

Joana
Luta
Contra
A opressão
Amélia
Suporta
A agressão
Corpos
Fortes
Não?

se for mulherzinha, não entre

Pobre
Ser
Feminino
Sensível e
Frágil
Pedaço
Emocional
Capenga
Dramático
Numa selva
De pedras
Que constrói
Muros
E enterra
Bem fundo
O corpo
Inútil
E falho

ciclos

A mulher violada
Não sabe
Como dar colo
Ao rebento
Macho
Seu filho, por acaso
Que passa
A vida
Procurando
O afago
E desconhece
O que é
Afagar

yang sem yin

Estamos todos
Desequilibrados
Porque negamos
O ser
Delicado
E o ativo
Forçado
Se transformou
Em algoz

grande mãe

Terra
Que nutre
Tudo
O que vive
Sustento
Natural
De toda
A vida

Esta
Que nos gesta

Explorada
Saqueada
Finda

corpo-mulher outdoor

Somos
A fisiologia
Mais frágil
A estampa
Do sensível
Sagrado
Num planeta
Construído
À força
O estorvo
É silenciado

muda

a menina em mim

Arrastei aquele sofá velho
Enterrado no fundo do peito
E lá estava ela
Escondida
Encolhida
No canto esquerdo
Abraçando as pernas
O nariz vermelho
A cabeça baixa
E o semblante cheio
De culpa
Eu me aproximei
Puxei-a para perto
E disse que
Tudo bem!
Hoje todas as vezes
Que eu choro
Ela me abraça
Também

imperfeita

Simplesmente eu disse
Perdão
Aprendi a me desculpar
Eu me amo o suficiente
Para me permitir
Errar

egoísta

Sorri para os monstros
Do agrado
Que esmagavam
As minhas costelas
E disse a eles
Que passem mais tarde
No momento
Estou muito ocupada
Cuidando
De mim

desleixada

Esses brancos
No cabelo
São meu jeito
De agradecer
Bonito mesmo
É ter o privilégio
De envelhecer

a união faz a força

As mulheres que me habitam
Estão em guerra
Querem prender a submissa
Que varreu histórias
Lavou sonhos
E colocou os sacos de desejo
Para fora
E eu disse a elas que entrem
Num acordo
Que a tal calada
Sabe costurar
Refez os trapos dos rasgos da vida
E cozinhou desaforos
Ela até tempera bem as palavras
Sabe como conversar!
Mas elas querem atear fogo
Gritam por novas reformas
Fizeram a bem-sucedida
Refém
E só liberam
Se ela se entregar

transmutando em versos

Agora ela não
Se cala
Vestiu o casaco
Dos traumas
E empoderou-se
Escreveu poemas
Das dores
E das falhas
E saiu
Com o alívio
Nos bolsos
Para passear

eles querem molhar as canelas

As águas que me contemplam
Não dão pé
Os mergulhos são longos
Eu gosto de domar oceanos
Arriscar o engano
Desnudar céus

o divino sou eu

Contemplando o vento
Para entender o lado de dentro
Sou um balanço do infinito imenso
O equilíbrio é o meu templo

a força fênix é um corpo nu feminino correndo solto pela praia

Foi um lote
Rebelde, amor
Que se derramou
Pela estrada

Fêmeas fartas
Espremidas
Dentro do
Meu peito
Resgatadas
Pelos cantos
Das cidades

Mutiladas
Espancadas
Estupradas
Traficadas
Exauridas
Dos abusos
Do tormento

Elas se
Escondiam

Aqui dentro
Ressoando
Suas dores
Com as minhas

Sufocadas

Encobertas
Pela armadura
Apertada
Que nos unia
Para enfrentar
O medo
Suportar
O mau tempo

Até estourar

O ferro gasto

E deslizar
Pelas fendas
Espalhando-se
Em peso
Pelas margens

E em cada grito, amor
De prazer
Do livramento

Na euforia
Animalesca
Faminta
Por liberdade

Nos urros

Nos olhares
Travessos
Que me encaravam
Extasiados

Os braços
Erguidos
O cabelo
Ao vento
A nudez
Desleixada

Naquela sensação
Revolucionária
Da união
De nossas partes
Num só corpo
Ávido
Por espaço
Por pertencimento
Correndo livre
Pelas calçadas

Foi ali
Que eu me criei

E devorei
Os engasgos

Restaurei
As feridas
Como
Se estancasse o
Sangue
Costurasse
A carne

Foi ali que eu
Me encontrei

Na feminilidade
Alastrada

Renasci
No abraço
Selvagem
De uma alma
Crua
Revelada

Foi por reconhecer
Tanta beleza

Esquecida
Encarcerada

Foi no orgulho
De existir
E resistir
Que tomei posse
De mim, amor

Eu me percebi
Sagrada

■ primeira edição
■ agosto de 2022